ديوان

# روكانة عمري

# د. جُمان الريحاني

إهداء..


إهداء إلى ريحانة عمري وقلبي


إهداء إلى الحب


وإلى كل من يشعر بالحب


جمان الريحاني

ريحانة عمري

أنا أعيشك

من الشفق

إلى الفجر

في وحدة جميلة

جميلة هي الوحدة بين البشر

نعم أنا لا أريد غيرك

رفيقا لعمري

والسهر

يا ريحانة عمري

يا زهر المشمش والرمان

يا ابتسامة الدهر حين يرأف بالإنسان

لحظات تمر

ويوم يمر

ووقت يمر

شمس أخرى طلعت هذا الصبا ح

ومطر هطل

وسحاب مر

ولم يطرق زجاج نافذتي أي حمام زاجل

ولم يطرق بابي ساعي بريد

ولم يرن هاتفي برنة أو بريد

لماذا يا حب لهذه الدرجة أنت بعيد

تسكن قلبي وكياني يحس أنه وحيد

ليتك يا حب تدق باب قلبي

ليتك رحال

قرر في هذا القلب أن يقيم

قلبي ببعدك أصبح سقيم

لما هذا البعد في الحب؟

هل هو حكم أعداء؟

أم أنه حكم قارات ودنيا وأعباء؟

هل حقا تأسرنا القارات وترهقنا الطائرات؟

هل نحن نخاف البشر؟

هل هو ضدنا القدر؟

حبيبي

هل يعيش الخوف في قلوبنا؟

الخوف لا يجتمع مع الحب في قلب واحد

قلبي ليس خائفا

بل مليء بك وبحبك

حبيبي

هل هو الهجر الذي يسبق اللقاء؟

لذا أنت هجرتني

أليس كذلك؟

حبيبي هل هو الفناء من يسبق البقاء؟

لذا أنت أفنيتني

أليس كذلك؟

لقد أحببتك

نعم أحببتك

وأنت تقتلني

أحببتك

وأنت تصطادني وتفترسني

افترستني دون رحمة أو شفقة

ولكنه شوقي هو الذي ثبتني

ثبتني في مكان فلم أردعك

نعم

أنا لم أقاومك

ولم أبعدك

مخالب قطعت عروقي

ومزقت شراييني

سيحت دمائي

أرقت دمي الفائر

على ثلج البعد وصقيعه

هشمت ضلوع سجن الوحدة

بأنياب العشق وشوقه

مفترس هو حبك

ويرعد بصوت مدوي

حبيبي هل خططت لامتلاكي؟

أم أنك امتلكتني بإرادتك وإرادتي

كيف أنت امتلكتني دون أن تأتي؟

كيف أصبحت أنا لك دون أن أدري؟

ما الرابط بيننا والبعد حائل بيننا؟

هي روح تحتضر في بعدك

ولا أحد سوف يملكها بعدك

فقد نقشت فيها تفاصيلك

روح تتوق لك ..لا .. لغيرك

حبيبي

هل تذوقت طعم الشوق الساخن والحار؟

هل تذوقت طعم الشوق الفوار؟

ظننت الشوق رصاصة رحمة

ولكن لقد قنصتني برصاصة لهيب الجوى،

والهجر مزق أجنحتي

عصفورة أتخبط في دمائي

دمائي

التي أهدرتها بالبعد المقام

لا حية

ولا ميتة

لا حياة لي بدونك

ولا أريد

أن أموت

إلا فيك

مستعدة للموت

فيك

وبين ذراعيك

## مدينة الضباب


أما مللت من مدينة الضباب

أنا أيضا كنت أحبها

ولكن يوم لفتت انتباهك إليها

ألغيتها من قائمة أحبتي

مدينة غيورة

تحاول أن تجذبك

إلى سريرها البارد

ولم تعلم بأنني لك فراش وغطاء

مدينة تحاول أن تثير إعجابك

بقصورها القديمة

ولم تعلم بأن في قلبي لك قصر وخيمة

مدينة تحاول إغراءك

بجسورها

وتروي لك حكايات العاشقين العابرين بها

ولم تعلم

بأن شرياني والوريد

لك جسر شوق وعشق

إلى قلبي وروحي

لم تعلم تلك المدينة

بأن حبك في قلبي قد استقر

ولسنا في حاجة لحكايات العاشقين العابرين

حبيبي دعك من تلك المدينة العنيدة

وتعالى إليا

أحكي لك

آلاف الحكايات .

وأحكي لك

حكايتنا أنت وأنا

تعالى إليا

فلن تضاهيني في حبك مدينة

ولا مئات البلدان

ولا مئة مدينة

أنا لك قرية

ومدينة

وعاصمة

وقارة

ودولة عشق

ودنيا حب وغرام

حبيبي أنا كوكب عشق ملتهب

كوكب عشق في مجرّة الأحزان

وتحيطني مئات الأقمار

أقمار شوق لك

أقمار شوق متيم ولهان

حبيبي أنا كوكب عشق في مدارك

كوكب عشق

تلفني هالات نار حمراء

من صبابة

ونفحات هوى

وتدور بي

أحزمة ميل ولهفة

وتجذبني إليك قوة توق

وحرارة شوق

حبيبتك متيمة بك يا حب

# رفقا فؤادي


والقلب حائر كشاشة هاتف نقال

ألا يحن قليبك ؟

رفقا فؤادي


ها هنا تنتظر ..


فويلي من مخاطر ..


كما من زفاف ..


القلب حائر والحبيب لا يرأف بقلب تعلق به ..


صبرك يا أيوب ..

## حال وحال


يا حال ويا حال ..

قطعتها أوردتي

حزن قد أصابني ضيقا .. رفقا

**هل يعيش الحمام؟**


أراك فجرا من بعيد ..

فهل يعيش وحيدا الحمام ؟

صدق تدفق كإشراق

فهل يعيش وحيدا الحمام او اليمام ؟

أحن ..  ..  ...

حنيني وشوق الوحش..

## الجليد في قلوب البشر


رغم الجليد من حولنا

ورغم الجليد الذي يملأ قلوب البشر

إلا أن قلبي مازال دافئا

دافئا بك ..

قلبي هو قلبك ولك ..

# قلمي الوريد


حروف حبك تتدفق كنهر الحب عبر شراييني ..

وقلمي الوريد يحاول أن يوصل لك شوقي وحنيني ..

فأين أنت من كؤوس الهوى يا غرامي؟ ..

يا ريحانة قلبي ألا يحن قليبك ؟
قليبي ضمآن ..

## الكلمة الأخيرة

الوقت يمر ..

والزمن لا يرحم ..

وحبات الرمل في الساعة تكاد تنتهي ..

فآخر حبة تعلن ... ... ...

نعم لحبات الرمل كلمتها الأخيرة وأنا لا
أستطيع أن أقف في وجه الزمن لوحدي ..

أنا أقف في وسط الطريق لوحدي وأنت لا تريد
أن تأخذ بيدي ..

لا يمكنني أن ابرر لك أو أضع الأسباب نيابة
عنك ..

أنت وحدك من يمكنه أن يشرح ..

أو حبات الرمل هي التي تنهي الأمر

والخيار لك وليس بيدي أنا ..

# أوراق عمري

دائما .. .

<u>حبيبتك</u> ..

<u>حبك</u> ..

حتى آخر ورقة من أوراق عمري

حتى آخر نبض لهذا القلب الذي هو ملكك ..

حتى آخر نفس ..

حتى الغسق الأخير ..

دائما وأبدا

## عصفورتك..


عصفورتك غارق في الحب ....

عصفورتك غارقة فيك ....

غارقة فيك ..

غارقة فيك ..

غارقة فيك ..

غارقة فيك ..

غارقة فيك ..

# قلبي وقسوة الهجر

قلبي وقسوة الهجر الصعب في احتكام ..

فهل أنت القاضي ..

أم أن المظلوم في وجودك العادل وحضرتك
سيدي لا يضام ؟

هل يعيش وحيدا الحمام أو اليمام ؟

ولا صبر لي عليهن ولا احتمال ..

أرى النوايا في عيونهن تختلف بتعداد
الأجيال ..

عندما أغضب منك لا أستطيع النوم ..

عندما أغضب منك يؤلمني قلبي ويوجعني ..

هل تعلم لماذا ؟
لأنني أظن أنني جرحتك بكلمة أو تصرف لذا
لا أستطيع النوم ..

خوفا من زعلك وليس من غضبي منك ..
القلب هذا لك لذا هو سريع الرضا كما هو

مجنون وسريع الغضب

ولكن أرجوك لا ..

لا تتمادى في اغضابه قد يجن هذا القلب
أكثر..

أعرف أنها الظروف المحيطة وليست نيتك هي
ما تنتج عنها التصرفات ..

قلبي هو قلبك وباسمك يا ريحانة عمري

ويل قلبي .. ...

ويلي و ويل جُمينة ..

أرى البنات والنساء كسرب وحوش ..

حبيبي ارأف بقلب جُمينة

هدنة..


يا ريحانة عمري حبيب القلب ..

فلنعقد هدنة الآن ولنسوي حساباتنا عندما نلتقي ..

إذا التقينا وأنصفتنا الحياة ..

# أسئلة تراودني

حبيبي

ياريحانة عمري هناك أسئلة كثيرة تراودني
وبعضها يُقلقني ..

يا حبيب جُمينة لا يوجد تكليف بين الحبيبين لذا
أنا أناديك حبيبي ..

هل يزعجك عندما أناديك هكذا؟

لأنني أنا أخاطب الحبيب لذا لا أناديك بصفة
رسمية ..

إن أزعجك هذا التصرف مرة أرجو المعذرة ..

أطلب السماح بصفتي حبيبة وعاشقة وأي صفة
أنت تختارها لي ..

# حب غير مشروط

يا ريحانة عمري .. .. ..

إنه حب غير مشروط يملأ قلبي ويتدفق كأنهار وأمطار على شعري وجسدي ..

حب يملؤني من الداخل ويغطيني من الخارج..

أحيانا أظن أنني انتمي إليك أو أنني جزء منك..

كيف أنت تمتلك ذراعك أو يدك هكذا أنت تمتلكني ..

كيف لا تعصاك يدك أو ذراعك لا طاقة لي
على العصيان ..

منك ولك

# حمدان جُمينة

حمدان جُمينة لا يهم قسوة الزمن ما يهم أنك سالم أمامي وتملأ قلبي ..

لولا وجودك لكان هذا القلب خالٍ فارغ لا يعرف إلا نبضات العيش وليس نبضات الحياة يا معنى الحياة ..

حمدان يا تاج الورد .. يا ذاتي ***

أيا كياني أنت ذات الحياة ..

حمدان يا فردوس الجنّات

## وعزة نفسي

أنا أيضا لا يهمني ما يحدث حولي وما يحدث
في كل هذا العالم ..

والله لا يهمني إلا قلب تعلق بك وينبض بك ..
وهذا يجعلني ابتسم كل ما نظرت في المرآة
فوجدتك في عيوني وعلى بسمتي اسمك
مرسوم ..

لن يستطيع أحد أن يحرمني منك ..

فأنت قدر والله هو من ألقى حبك في قلبي ..

وحبك في قلبي وعزة نفسي أنني على حبك لا
أندم ..

ولو مرّ العمر من دون أن تعلم ..

ولكن أنا أعلم انك تعلم ..

قلبي يخبرني ويجيب بنعم..

حبيبتك ..

حمامتك ..

أرنوبتك..

ظبيتك ..

غزالتك ..

وفرسك الشهلاء

## يا جنات العدن

ريحان عمري أحيانا لا أقدر أن أتحكم في ..

قلبي ويغلبي هذا القلب أحيانا كثيرة ...

قلب متوتر طول الوقت ومتذبذب ..

الدقات سريعة أحيانا هي نبضاته وأحيانا
أخرى بطيئة جدا ..

وكل هذه الحالات عندما أراك أو اسمع
صوتك ..

وكذلك عندما أقرا رسالة من رسائلك لي ..

نعم أنا اعرف الرسائل التي ترسلها لي وهذا
أمر يحيرني أنا أيضا ..

إحساسي يقودني إلى حروفك وكلماتك

ويرشدني كما أرشدني إليك في بداية الأمر..
لأعرف أنك نصيبي من الحب وجنات العدن يا
قلبي الخافق لك ..

وصوتي الشادي لك ..

يا ترانيمي واعتكافي

يا اعترافي ..  ..

يا نبض قلبي الفرح والحزين

## واقفة على بابك


ريحانة عمري ..

يا حضن الدفا ..

أبغى عيونك ..

قلبك وأسكن حضنك


دخيلك واقفة على بابك

## قلبي مؤمن بك


والثواني ..

الجمر يكوي هذا القلب ..

حبيبي هل أنت تحس أيضا مثلي ؟

أم أن هذا البعد هو بإرادتك وأنت من قررته ..

لا ..

وحق السموات أن قلبي دوما يدافع عنك وهو مؤمن
بك وبحبه لك ..

# مسافة البشر

يا حبيبي

هل أنت راض بهذا الحال ؟

أخبرني

وما يرضيك بالطبع سوف يرضيني ..

حتى وإن كانت المسافة تظلمني ..

ولكن يا حبيبي اعلم أن مسافة البشر لا تهمني كل ما يهمني أن أكون في قلبك اعيش

أمرح في قلبك واركض بين جدرانه ..

لا تتركني أخرج منه لو سمحت ..

## بيتك قلبي

حبيبي أعلم أنك منشغل بكثير الأمور ولكن أرجوك لا تدع السفر والبلدان المختلفة تنسيك دقات قلبك ..

من اليوم كلما رفعت عينيا إلى السماء أو سمعت صوت الطائرة لن يكون في بالي إلا حبيبي

هل هو مسافر أم عائد إلى بيته؟ ..

متى يا حبيب قلبي تعود إلى بيتك هنا في قلبي

متى تأوي إلى قلبي ولا تدع برد البعد والمسافة يصيبه ..

يا رفيق عمري ويا عمري ..

حبيبي طفلتك تشتاق لحضنك يا عزيزي ..

يا عمري ومعنى عمري ..

أمطار العيون

صباح أمطار الخير

وأمطار العيون المشتاقة ..

# شوقي وعشقي

حبيبي أينما تكون وأينما أنت الشوق لك هو ذاته لأنك
تسكن قلبي وتراودني في كل أحلامي ..

شوقي وعشقي وريحان عمري ..

## ليلة طويلة


حبيبي ليلة البارحة كانت طويلة جدا ..

رغم أنني أحب المطر ولكن ليس بمقدار حبي لك ..

نعم أنا أحب المطر لطالما فعلت ..

رغم أن البعض يعتقدون أن المطر بارد ويوحي
بالشتاء ولكن أنا أحبه ويجعلني أشعر بشكل مختلف
يؤنسني ويفرحني ..

حمدان هل تحب المطر مثلي ؟

# حروفي الكريمة

حبيبي حروفي كريمة معك ولكن أظن أن المطر لا
يستمر في الهطول دائما بل هو موسم ويغادر المطر
وتذهب السحب ..

ولكن هناك عيون ماء لا تجف أبدا ..

وخاصة إن كان هناك من يغترف منها ومن يقصد تلك
الساقية فالساقية لا تخذله أبدا ..

هناك آبار لا تجف أبدا وهناك أقلام ينفذ الحبر منها ..
كما هناك ريشة تحمل الحبر من محبرة عيوني لتكتب

لك بدموعي ودمي

..

## معلومة سريّة

عزيزي ..

عزيز روحي

..

سوف أخبرك بشيء لم أقوله لك سابقا

إنها معلومة سرية وخاصة أخبؤها في قلبي وهي ..

تجعلني أشعر بالسعادة ..

هل تعلم يا ريحانة عمري أنني أحب صوتك.. .

نعم أحبه ..

ولكن أظن أنني أخبرتك بذلك سابقا في سياق كلامي..

صوتك يعجبني ولهجتك ..

حبيبي لكن هناك كلمات عالقة في أذني تعجبني كلما سمعتك تقولها ..

هناك كلمة "لكن" يعجبني حين تشد على حرف الكاف ..

وهناك كلمة "نحن" هذه أحبها كثيرا فأنت تكسر النون الأولى وتكسر قلبي معها ثم تشد على الحاء فتشد قلبي معها وترفع من سرعة دقاته ..

ويصبح النفس غير مضبوط ..

والنون الأخيرة تشكلها بالسكون وقلبي يصبح في حركة مجنونة وبك كلك

على بعضك مسكون ..

يا ساكن القلب والوجدان

بَيْنَ الحَنَايَا لَك بَيْتًا أَقَمــــــــتْ *** 

يَا سَاكِنَ الوِجْدَانِ عَمَّرْتَ بَيْــتْ

# حديقة الورد


مررت بحديقة ورد فرحت أسأل البتلات إن كنت
تحبني يا حبيبي ؟

وبعد قليل وجدتني قد كتبت اسمك ببتلات الورد
فعرفت أنك تحبني ..

وكان ذلك جواب الورد على سؤالي ..

فكيف تجيبني أنت إن طرحت هذا السؤال عليك يا
ريحانة عمري ؟

# أقرؤك وأكتبك

حبيبي

لم أعد أنعم بالراحة بعد الآن

كنت آوي إلى فراشي باكرا

أقرؤك وأكتبك وأطفئ الضوء ..

فلا يبق في الغرفة إلا ضوء خافت وأفكر فيك

أنظر من النافذة والناس كلهم دخلوا إلى بيوتهم

وأغلقوا أبوابهم ..

هناك تبدأ رحلتي معك على صوت هدوء المدينة ونوم

الناس فلا يبق إلا أنت وأنا

# يا حبيب هذا القلب

حبيبي ..

حبيبيا حبيب هذا القلب

حبيبي أنا أتخبط ..

وأحيانا اعتقد بأن قلبي سوف يتوقف حين تشتد سرعة نبضاته ويصبح النفس غير مضبوط كأنني سوف أختنق بأنفاسي وقلبي سوف يرفف عاليا ليخرج من صدري ..

## عين الإله ساهرة


حبيبي تحميك عين الإله ساهرة لا تنام ..

وتشتاقك عين محب ساهرة لك لياليها بالأيام ..

# صباح الشوق والحنين

صباح الشوق والدفء والحنين ..

صباح الخير من بلد إلى بلد يسافر لأجل عيونك لحتى يقولك صباح الخير ..

صباح الحب حبيبي يا عمري وكل العمر صباحي أنت وقلبي بك مليء وسعيد ..

# أفكر فيك

حبيبي اليوم مرّت عليا أغنية وأنت تعلم بالتأكيد ما سأقوله تاليا "فكّرت فيك كثيرا

حبيبي الأغنية هي سرقت النوم من عيوني أبو بكر سالم

حبيبي رأيت الفيديو كليب الفتاة فيه كانت محبّة مشتاقة وحالمة ومحتارة واقتربت من الجنون مثلي ..

ولم تملك من حبيبها إلا رسائل وقبعات ..

القبعات تشبه قبّعاتك كثيرا أما الرسائل فهي قد كان القدر كريما معها إذ كانت تأتيها رسائل من حبيبها ...

رحت أفكر هل أشبهها ؟ (من حيث القصة) ..

لا اعرف

ربما لا ..

وربما نعم ..

وربما كثيرا فنحن الاثنتان عاشقتان ..

مشتاقتان

حائرتان .. ..

خائفتان ..

منك  وأيضا أظن أنني أنا أيضا أتلقى رسائل من حبيبي
أنت ..

من قلبك ..

قلبك يا حبيبي يترك لي الرسائل في كل مكان وبأشكال
وألوان ولغات مختلفة وبإشارات وعلامات ..

و أنا ابذل جهدي لفك ألغازها القدرية ..

كما الفتاة في الفيديو تبحث وتبحث
كما تساءلت ..

من خلال الفيديو

هل الرجل يحب أقوى أم الفتاة ؟

من منا يحب أكثر ؟

من منا يحب ؟

أنا أحب ..

وأعرف قوة حبي

ولكن لا اعرف حال قلبك ..

حبيبي  قلبي يدافع عنك باستمرار يكاد يجنني ..

قلبي لا يرضى حتى أن اطرح عليك سؤالا أو استفسار

مستمر في الإجابة بدلا منك

إلى الأبد


يا حبيب هذا القلب

صباح الشوق ..

والشوق

صباح الحب

معا إلى الأبد

# يا صباحي

حبيبي حبيبي

صباح الخيرات والمسرات ..

صباح الورد لعيونك

صباحك صباحي ..

وصباحي صباحك يا محلى صباحك

يا شمسي وإشراقي يا قبلة الصبح من شفاهك

أرسل لك قبلات من شفاهي تصبح على عسل شفاهك ..

صباح الشوق والشوق يحرق جوف عاشقك ومشتاقك ..

صباح الحب ..

صباح الورد والود والوجد ..

آه يا زين صباحك

وزين صباحاتك

وزين صباحاتي بك

حبيبي يا مزين صباحي بصباحاتك
أحبك

# قلب مشتاق

صباح الورد يا ورد حياتي عمري

ويا ريحانة قلبي

صباح العشق والشوق من قلب مشتاق

يا حب

يا

ريحانة عمري

## عيون القلب


عيون القلب تراك حيث أنت ..

تراك من حيث أنا هنا
والعناية الإلهية ترعاك ..

وأنا في احتراق من لهيب الشوق هنا
أحبك والقلب يخفق بقوة وسرعة كحمامة تريد أن
ترفرف لك الآن من هنا

أحبك

اليوم

وغدا

وإلى الأبد

## يا مهجة قلبي


يا حبيب هذا القلب ..

حبيبي

يا مهجة قلبي

يا

وردة عمري

إشتقت إليك

والشوق أصبح في دمائي يسري

والحب لك من قلبي يتدفق كنهر يجري

# كل صباح وكل مساء

حبيبي أحبك

حبيبي تذكر كل صباح وكل مساء أنني أحبك

حبيبي الرياح تداعب وجهي هذا المساء وتهمس لي

أجمل الكلمات ..

كلمات مرسومة على شفتيك

طفلتك حبيبي تحمر خجلا من مغازلة الرياح لها

بكلماتك

أحبك يا ...

# مدى حبي وألمي

حبيبي أنت تعلم مدى حبي لك ..

وتعلم مدى معاناتي والألم الذي أحس به بدونك ..

الألم القوي الذي أحس به الآن وحالا

ولكن ..

ورغم كل هذه المعاناة وما أشعر به أحيانا من ضيق

وتعب فإن كل ألم الدنيا لاشيء أمام حبي لك..

كل شيء يهون في سبيل هذا الحب الذي يجعل قلبي

يرتجَف ولا يهدأ ..

إنه قلبك في صدري

# عطش العيون يا قلبي

حبيبي ..

يا قلبي

نحن نشبه كل العاشقين من حيث رابط الحب القوي

بيننا ..

نشبههم من حيث العشق وشوقنا ..

كم أتمنى لو أننا نشبههم أيضا من حيث اللقاء

فاللقاء يروي عطش العيون ..

ويمد القلب بالقوة وأسباب المقاومة من أجل البقاء

يا عشقي وغرامي

حبيبي وعشقي وشوقي ولقائي وبقائي وحتى فنائي

# قوة لأحبك

حبيبي ..

صغيري

حبيبي

أنا أحس ببعض التعب ولا اعرف ما أصابني..

حبيبي أدعو الله أن يرعاك ..

وأن يحرسك ويحميك ..

وأن يمدني بالقوة لأجل أن أحبك

# شجرة وحيدة

حبيبي

أشتاق إليك اليوم أكثر من كل الأيام الماضية ..

يا عظيم شوقي لك يا ريحان عمري وقلبي
أحس وكأنني شجرة وحيدة عارية من كل أوراقي

وأشعر بالبرد

# قلبي المرهق

حبيبي قلبي اليوم مرهق وتعبان

قلبي يؤلمني

ولا يخبرني بالكثير

في قلبي وجع يجعل ضرباته عالية

أنا أحبك تذكر ذلك دوما

**عشقي عيونك**


.. إنت بتسأل وتقرأ الجواب في نظرة عيوني

يا هاجسي ..
عشقي عيونك

## أنا والعاشقات عبر العصور

أنا حقا تعبانة وليس لي من أستشيره وكأنني مريضة

بالشوق ..

لم يكن يحدث هكذا قبلا ..

إنها حالة تفاجئني منذ فترة معينة ..

من مدة وقد أخبرتك عنها ..

حبيبي لا أعرف إن كان قد حدث هكذا مع ليلى وعبله

وغيرهما

فمن يدري

ما كان يحدث في خيامهن أو في مخادعهن ..

لا أعرف والله ..

لا أحد لي..

ولا أحد يجيبني ..

ولا احد موجود ليساعدني ..

إلا من سبقتني من عاشقات عبر العصور

وأظن أنهن لم يتطرقن لتفاصيل قد تعتبر أكثر

خصوصية ..

ما أعرفه فقط هو أنني عاشقة لك

ومشتاقة إليك ..

وتعبانة بإجهاد أظن من الشوق ونوباته ... .

تعبانة جدا

أحبك يا ايها العزيز

يا أيها الحبيب

# فراش الجمر

غرامي أنا أتقلب على فراش من جمر ..

الحب مرهق.. أحيانا

ومعاناته صعبة حقا ..

حتى الدموع تصبح حارة..

## صغيري الجميل

حبيبي وعزيزي ..

صغيري الجميل

حبيبي هل ستأخذني في نزهة ؟

أهم ما في النزهة هو أن نكون معا ..

أنت وأنا

لو كنا معا ..

لو كنا في بيت معا ..

في تلك الحالة يمكننا أن نخرج نزهة إلى حديقة البيت
ما رأيك ؟

أنا أحب ذلك

حبيبي أنا أحب رفقتك ..

أحب أن أكون بجوارك

أحب وجودنا مع بعضنا في أماكن مختلفة وطوال الوقت

أحبنا معا

# خمر حبك

حبيبي أشعر بالعطش ..

اسقني كأس عصير أو خمر حبك أو أمطر عليا

بحروف عشق تروي شوقي وظمئي

أنا ظمآنة

عطشانة ..

سوف أذهب لأحضر كأس ماء وأعود

أحبك أيها الماء العذب ..

يا حبيبي يا زمزم ماء

يا حبيبي يا غدير القبل . . .

الماء لا يروي عطش عاشقة ..

ولا حتى السحب والأمطار تروي عطشي

حبيبي ..

يا لهفة شوقي إليك ..

ويا عطش عشقي والظمأ

# صعوبة الأيام

أنا لم أعد أفهم شيئا ..

والقدر أصبح يبث الصعوبة في الأيام ... ..

حبيبي أنا أحتاجك ..

أحتاجك أن تأخذ بيدي

أصبحت حتى اللحظات والثواني صعبة عليا ..

صعبة بدونك .. .

لماذا يحدث كل هذا ؟ ..

لماذا أنت لست موجود ؟

هل تسمعني ؟ ... ..

أنا أعاني صعوبة الحال ..

قلبي يكاد ينفجر ..

أنا تعبانة ..

# عنوان الأرواح

هل تخطئ الأرواح عنوانها ؟

فروحي كل مرة تغادرني لتسكن إليك وهي مطمئنة ..

فكيف أقول عنها أنها أخطأت ؟ ..

أصبحت غير قادرة على وصف صعوبة حالي..

وهذا الحال لا يرضى أن يتغير ..

لا هو بإرادتي ولا لي القوة على تغييره ..

أنا فقدت رغبتي في هذه الحياة ..

كنت أعيش على أمل وأصبح في شكل ضباب ..

كنت أعيش في حلم وأصبح في شكل سراب ..

قلبي ضعيف جدا وجسدي كذلك ..

لم أقل يوما في حياتي أنني قوية ..

وقد أصبحت أحس بأنني لا حول لي ولا قوة ..

لا أنا قادرة على الفرح ولا على الحزن ..

لا أستطيع أن أحزن على حب لطالما اعتبرته هدية من السماء ..

لطالما اعتبرته هبة ربانية ..

لطالما اعتبرته نعمة ..

ولا أنا أرى أي بصيص أمل للسعادة ..

لم أعد أفهم نفسي ولا أفهم قلبي ولا أفهمك أنت ..

لماذا ؟

هل هذه قسوة أم عدم مبالاة ؟

إن كانت قسوة

فهي طبع ..

وإن كانت عدم مبالاة فهي قرار..

أنا في حيرة من أمري ..

حبيبي ..

هل أنت تحس بأي شيء ؟

قلبي لازال يؤمن بك وبحبه لك وبحبك ..

أعلم بأنه متى ما أحس الشخص بشيء فإنها مسألة قدر ومكتوب وليست قرارات أبدا ..

وأعتقد بأنه لا يحكم القلوب والحب والأرواح هذا العالم المادي الفاني ..

ولا تتحكم فيه المسافات ولا الأعمال ولا حتى اللقاء ..

لأن الحب هو لقاء أرواح واجتماع قلبين ..

من دون أي تدخل خارجي..

لا أعرف عنك وعما يدور ببالك ..

ولكن أعرف أنني اشتقت لك والدليل الدموع التي
تكتب لك هذه الحروف ..

أين أنت عني؟


صباح الخير

حبيبي أين أنت ؟

أين أنت عني ؟

طال غيابك يا أيها العزيز فأين أنت ؟

# قسوة الزمان

أيّها العزيز بعد كل هذا الوقت لم أعد أعرف إن كان

في إمكاني أن أطرح عليك هذا السؤال :

لماذا يا حبيبي يحدث كل هذا معنا ؟

لماذا يا حب يحدث كل هذا معي ؟

أهي قسوة الزمان أم قسوة الإنسان ؟

# طال البعاد

أيها العزيز .. طال بك البعاد ..

وطال بي الصبر ..

وطال بقلبينا هذا الحال ..

حبيبي أما آن لقلبك أن يخرج من صمته؟

أما آن لقلبي أن يرتاح ؟ .. ..

ألا تحن على عاشقة تعلم أنك تحبها فهذا كلام قلبها
المجنون والذي سكنته أنت وملكته وعصيته عليها ..

أنت وقلبي والزمان عليا ..

## أنا اشتقت


العزيز .. هل اشتقت لي ؟

أنا اشتقت لك يا شمسي وإشراقي ..

اشتقت لك حتى في رسائلي التي أعلم أنك تقرؤها ..
اشتقت لانتظاري لك ..

اشتقت لتوقعاتي بأن تجيبني أو ترسل لي ..

اشتقت لشوقي لك والذي لم يفارقني ..

اشتقت لأن أصف لك شوقي لكي يصلك ..

اشتقت لك .. اشتقت لك يا قلبي وحبيبه ..

اشتقت لكلمة حبيبي ..

اشتقت لحبيبي ..

أيّها العزيز .. اشتقت لك .. اشتقت كثيرا لك ..

## بين حزني وحنيني

العزيز ..

أنا تائهة بين مشاعري وعواطفي

بين حزني وحنيني ..

أنا تائهة ولا يوجد من يأخذ بيدي ..

لا أحد يوجد ليقدم لي النصح ..

حبيبي بما أنت تنصحني ؟

لو كنت مكاني ماذا كنت لتفعل ؟

أعرف أنك لن تستطيع أن تتخيل موقفي ومكاني ففرق
هو بين رجل وفتاة ومن كل النواحي ..

حتى قدرتنا على التحمل تختلف ..

والدليل على ذلك قسوة البعد وصمتك القاتل وصبري
الذي يعذبني ..

بما تنصحني ؟

الحب يملؤني ..   أنا تعبانة

والعشق يسكنني ..

والشوق يرهقني ..

والبعد يحرقني..

والهجر يقتلني ..

والحيرة تمزقني ..

صعب هو هذا الحال ..

فهل أنا في الحب لوحدي ؟

والسؤال يؤلمني ..

حبيبي .. .. .. ؟

أحبك كما تتدفق المياه عبر الأنهار

وكما هي صامدة وقوية الشلالات ..

وكما هي كريمة عيون الماء

وتتدفق بلا عناء

أحبك

حبيبي .. .. .. ؟

## أسئلة عديدة

لقد طرحت العديد من الأسئلة ؟

والأسئلة ؟

ولم أتلق أي جواب ..

هل يرضيك حالنا ؟

هل ترضيك حالتي هذه ؟

هل هذه قسوة ؟

أيعقل أن تكون قسوة ؟

أحيانا أنا اطرح عليك أسئلة فيجيبني قلبي وأنت تعلم
ذلك ولكن أنا أحب أن أسمع منك لذا أصر على قلبي
وأطرح السؤال غصبا عنه ..

لأنني لا أوجه السؤال لقلبي بل لك أنت يا حب ..

حبيبي  هل كل الرجال هكذا ؟

لا أعلم ..

هل القسوة صفة في كل الرجال ؟

لا أعلم ..

حبيبي هل أنت قاسي ؟

أيعقل أن تكون قاسي ؟

لا أعلم ..

ولا أعتقد ذلك ..

وقلبي أيضا لا يؤيد هذه الفكرة ..

وأنا لا أتمنى أن تكون القسوة صفة فيك ..

أنا لا أحب القسوة ..

أنا أرى الحنان في عينيك وأحسه في نظراتك ولكن لما
نصيبي منك قسوة وليس الحنان؟ ..

لما نصيب غيري منك الحنان ؟

عجيب هذا الزمان الذي يحاول التغلب على قلبي
ويحاول أن يكسر إيمان قلبي بك ..

ولكن الإيمان لا يكسر وكل هذا هو امتحان ..

وأنا جيدة في الصبر يا صبر أيوب ..

وبعد الفراق لقاء يروي من البعاد والهجر كما ارتوى
ظمأ سيدنا يعقوب ..

عاكفة على حبك كمريم العذراء وراغبة في لقائنا
واجتماعنا كما اجتمع آدم بأمنا حواء ..

# جمرة شوقي

حبيبي .. لك شوقي وحنيني ..

والبعد يقتلني ويضنيني ..

قلبي يتعبني .. قلبي يتبعك ولا يتبعني ..

شوقي جمرة مشتعلة تحاول الأسئلة إطفاءها

ولكن عبثا فجمرة حبي لك لا تنطفئ

فجمرة حبي لك ..

في داخلي وبجسدي أحميها ..

تحترق وتحرقني ولكن لا تنطفئ

أحبك وأشتاق إليك لدرجة كبيرة وبتعب وحمى ..

ومرض أحيانا ..

لم أكن أتوقع حدوث كل هذا ..

حالتي تصعب مع مرور الوقت ..

ولكن حبي لك يزيد ويصبح أكثر قوة أيضا ..

حب متين وصلب ..

رغم أنني أصبحت ضعيفة هشة وبعيون دامعة وخفقان
خائف ..

## الرؤية غير واضحة


العزيز ..

من كثرة الغموض وعدم الرؤية الجيدة من الضباب
الموجود في الجو كثيرا ما يخطئ الناس في الطريق ..

أو يصطدموا بشيء ما على الطريق ..

وأنا أسير في ضباب كثيف ..

بما أن الرؤية غير واضحة ولا توجد يد تقدم المساعدة
فأنا في حيرة من أمري ..

العزيز..

أريد طرح هذا السؤال وإن تجرأ قلبي هذه المرة على
محاولة الإجابة سوف أطعنه بخنجر ولن أرحمه ..

إن كان يحق لي طرح هذا السؤال ..

إن كان لي أي حق ..

فهل أنت مشغول مع غيري ؟

هل هناك أمر لا أعلمه؟ ..

هل أنا في الحب لوحدي ؟

ولن أعيد طرح هذا السؤال ولو بموتي ..

## شمس الحق

أما آن لشمس الحق أن تظهر؟ ..

أما آن لفجر الحب أن يبزغ؟ ..

أرجو من الله أن ينير بصيرتي ..

تعبانة وأريد حقا أن أفهم ..

قلبي يكثر الكلام

وقد وضعت سماعات في أذني لكي لا أسمعه ..

أريد أن أسمع منك أنت

# أتخبط


أنا حقا أتخبط وتائهة وضائعة ..

أنت تعلم بحبي لك وأنا لا أعلم شيئا ..

لا أعرف مكانتي ..

هل أنت تحب؟

أريد أن أعرف حدودي فالحب لا يجوز فرضه ... ..

وأنا لا أريد أن أفرض نفسي أستحي من أن أكون
أفرض نفسي وأخاف أن أكون أزعجك ..

فأنت تعرف من البداية أنني لا أحمل لك إلا حبا
وعشقا ولا أريد أن أغضبك أو أسبب لك الزعل

وأحيانا زعلي قد يحمل لك الزعل أيضا ..

لما أنا هنا؟ ..

لما أنا أرسل وأنتظر ..

تعبت وهل لا يحق لي التعب ؟

## شوق يلبسني


يا حبيب هذا القلب أين أنت ؟

قلبي يسأل أين أنت ؟

قلبي يشتاق لك ..

ويريد أن يعرف أين أنت ..

قلبي يريد أن يعرف أين أنت ..

أين أنت ؟

قلبي يريد أن يراك وكذلك ا هي العيون ..

يا حبيب هذا القلب أين أنت ؟ ..

حبيبي .. إنه الشوق يلبسني

وهو لحاف من الجمر في شتاء البشر

## وحيدة بدونك


الغالي ..

أنا سهرانة ولا أريد أن أنام الآن ..

صحيح بأن التعب يجلب النعاس ولكن من قوة التعب
نسي جسدي طعم الراحة ..

حبيبي..

أخاف أن تكون أنت حلما فأستيقظ منك

وأخاف أن تكون واقعا فأغط في نوم عميق ولا ..
أصحو أبدا ..

نحن لسنا معا ولكن أخاف أن ننفصل ..

قد يفصلنا حلم أو حتى واقع ..

من أنا بدونك ؟

أخاف البقاء وحيدة بدونك ..

.. 

هل نمت أنت ؟

أم أنك سهران مثلي ..

ما الذي تفكر فيه ؟

هذه ليست أسئلة وهي لا تنتظر أجوبة إنها فقط تساؤلات

إلى جانب تساؤلات أخرى كثيرة أنا أتساؤلها ..

لا يقين لي إلا بشيء واحد وهو أنني أحبك ..

وأشتاق لك ..

# قلبي السعيد

حبيبي يا حبيب هذا القلب ..

قلبي السعيد بك دائما والحزين من ناحيتي أحيانا ..

أنت حبيبي وأنا أحبك ..

وجودك في الحياة يسعدني ..

أنت أجمل نعمة تفرحني ..

أشكر الله أنه لا يفصلنا الزمان وأننا وجدنا في الحياة

في توقيت واحد ..

فلو كنت أنت من المستقبل لتمنيت أن أبعث من جديد..

لاعتكفت ودعوت أن تكون لي حياة أخرى ودعوت أن

تتزامن مع وجودك فأخلق لك ..

ولو كنت أنت من الماضي لتمنيت ودعوت واجتهدت لكي أسافر بالزمن فأسافر إليك أيها الماضي لأعيش فيك ..

ربنا خلقنا في زمن واحد وأنا سعيدة بذلك قد يكون هذا قدرا ..

أو قد تكون إشارة من القدر ..

خلقت أنت فخلقت أنا لأتعلق بك ..

ولأحبك ..

أنا كنت لأحبك ولو كنت في أي زمن وأنا على يقين بأن قلبي هذا كان ليجدك ويقودني إليك عاشقة كما أنا ..

إنه قلبك في صدري ..

يا حبيب هذا القلب ..

أحبك

# Sommaire